Le crime de L

py

faites mes amitiés à qqn.
prendre le devant

Oscar Wilde

Le crime de Lord Arthur Savile

Traduction de Jules Castier

Illustrations de Christophe Besse

Le Livre de Poche

Né à Dublin, en 1854, d'une famille très cultivée, Oscar Wilde est original, spirituel, plein de talent. Il écrit des poèmes, des nouvelles, des comédies, fait des conférences. Mais la société anglaise de l'époque ne lui pardonne pas sa vie privée, qu'elle juge scandaleuse. Condamné par les tribunaux, il passera deux ans en prison et viendra mourir en France, assez misérablement, en 1900.

A partir de 12 ans

Cette nouvelle a été publiée pour la première fois aux Éditions Stock.

C'était la dernière réception de Lady Windermere avant Pâques, et Bentinck House était encore plus encombrée que d'habitude par la foule des invités. Six ministres, membres du Cabinet, y étaient venus au sortir de l'audience du Speaker[1], arborant toutes leurs décorations et leurs rubans, toutes les jolies femmes portaient leurs toilettes les plus « habillées », et à l'extrémité de la galerie de tableaux se tenait la princesse Sophie de Carlsrühe, personne pesante à l'aspect tartare, avec de tout petits yeux noirs et des émeraudes merveilleuses, jargonnant à tue-tête en français, et riant exagérément de tout ce qu'on lui disait.

C'était incontestablement un mélange extraordinaire de gens. Des pairesses richissimes bavardaient sur un ton affable avec des extré-

_____

1. Président de la Chambre des communes.

mistes ; des prédicateurs à la mode côtoyaient d'éminents sceptiques ; un véritable essaim d'évêques suivait constamment de pièce en pièce une *prima donna* obèse ; sur l'escalier se tenaient plusieurs membres de l'Académie royale[1], déguisés en artistes ; et le bruit courait

1. Il s'agit de l'Académie Royale de peinture, dont les membres font suivre leur nom des initiales R.A., et dont la peinture a (ou avait, au début du siècle) un caractère essentiellement « pompier » prisé du public.

qu'à un certain moment la salle où l'on soupait était bourrée de génies. Bref, c'était l'une des meilleures soirées de Lady Windermere, et la princesse resta jusqu'à près de onze heures et demie.

Dès qu'elle fut partie, Lady Windermere retourna dans la galerie de tableaux, où un célèbre économiste politique expliquait solennellement la théorie scientifique de la musique à un virtuose indigné venu de Hongrie, et elle se mit à causer avec la duchesse de Paisley.

Elle était merveilleusement belle, avec son opulente gorge d'ivoire, ses grands yeux bleu myosotis, et ses lourdes tresses de cheveux d'or. Ils étaient bien de ton *or pur*[1], — non pas de cette pâle couleur de paille qui usurpe à notre époque le beau nom d'or ; mais d'un or pareil à celui qui se tisse en rayons de soleil ou se cache dans l'ambre étrange ; et ils donnaient à son visage quelque chose qui participait du halo d'une sainte, et rappelait aussi la séduction d'une pécheresse.

C'était un cas psychologique curieux. De bonne heure dans la vie, elle avait découvert cette vérité importante : que rien ne ressemble autant à l'innocence qu'une imprudence ; et, par une série d'escapades téméraires, dont la moitié étaient absolument inoffensives, elle avait

----

1. En français dans le texte.

8

acquis tous les privilèges d'une personnalité. Elle avait plus d'une fois changé de mari ; effectivement le *Debrett*[1] indique trois mariages à son actif ; mais comme elle n'avait jamais changé d'amant, le monde avait depuis longtemp cessé de médire sur son compte. Elle avait à présent quarante ans, elle était sans enfants, et elle avait ce goût immodéré du plaisir qui est le secret de la jeunesse persistante.

Tout à coup elle jeta autour de la pièce un regard circulaire et avide, et dit, de sa voix de contralto :

« Où est mon chiromancien ?

— Votre... quoi, Gladys ? s'écria la duchesse, avec un sursaut involontaire.

— Mon chiromancien, duchesse ; je ne puis vivre sans lui, à présent.

— Chère Gladys ! Vous êtes toujours si originale ! murmura la duchesse, tout en tâchant de se rappeler ce que pouvait bien être un chiromancien, et en espérant que ce n'était pas la même chose qu'un manucure[2].

— Il vient examiner ma main deux fois par semaine, régulièrement, reprit Lady Winder-

---

1. Annuaire de la noblesse anglaise.
2. En anglais, manucure (pédicure) se dit *cheiropodist*, forme assez prétentieuse, qui prête effectivement à confusion avec *cheiromantist*.

mere, et il me dit à ce sujet des choses fort intéressantes. »

« Juste ciel ! se dit la duchesse, c'est donc bien une espèce de manucure. Mais c'est épouvantable ! J'espère tout au moins que c'est un étranger. Dans ce cas, ce serait déjà moins grave. »

« Il faut absolument que je vous le présente.

— Me le présenter ! s'écria la duchesse. Vous n'allez pas me dire qu'il est ici ? »

Et elle se mit à chercher un petit éventail en écaille et un châle de dentelle passablement déchiré, pour être prête à partir d'un instant à l'autre.

« Bien sûr, qu'il est ici ; il ne me viendrait pas à l'idée de donner une soirée sans lui. Il me dit que j'ai une main purement psychique, et que si mon pouce avait été tant soit peu plus court, j'aurais été une pessimiste endurcie, et je serais entrée au couvent.

— Ah ! je vois, dit la duchesse, qui se sentait fort soulagée ; il dit la bonne aventure, je suppose ?

— Et la mauvaise, aussi, répondit Lady Windermere, autant qu'on veut. L'année prochaine, par exemple, je serai en grand danger, tant sur terre que sur mer, de sorte que je vais vivre dans un ballon, et j'y hisserai tous les soirs mon dîner dans un panier. Tout cela est inscrit sur mon petit doigt, ou dans la paume

10

de ma main, je ne me rappelle plus au juste.

— Mais voyons, c'est là tenter la Providence, Gladys !

— Ma chère duchesse, la Providence doit certainement être capable de résister à la tentation, depuis le temps ! J'estime que tout le monde devrait, une fois par mois, se faire prédire l'avenir par l'étude de la main, de façon à savoir ce qu'il ne faut pas faire. Bien entendu, on le ferait tout de même, mais il est si agréable d'être averti !... Si personne ne va immédiatement chercher Mr. Podgers, il faudra que j'y aille moi-même.

— Permettez-moi d'y aller, Lady Windermere, dit un beau et grand jeune homme, qui se tenait tout près, écoutant la conversation avec un sourire amusé.

— Je vous remercie mille fois, Lord Arthur ; mais j'ai peur que vous ne le reconnaissiez pas.

— S'il est aussi remarquable que vous le dites, Lady Windermere, je ne pourrai guère le manquer. Dites-moi comment il est, et je vous l'amènerai tout de suite.

— Eh bien, il n'a pas du tout l'air d'un chiromancien. Je veux dire qu'il n'est pas mystérieux, ni ésotérique, qu'il n'a rien de romanesque. C'est un petit homme corpulent, avec une drôle de tête chauve, et de grosses lunettes à monture d'or ; quelque chose d'intermédiaire entre un médecin de famille et un avoué de

province. J'en suis désolée, vraiment, mais ce n'est pas ma faute. Les gens sont si agaçants ! Tous mes pianistes ressemblent exactement à des poètes ; et inversement. Et je me rappelle avoir, la saison dernière, invité à dîner un conspirateur absolument affreux, un homme qui avait fait sauter je ne sais combien de personnes[1], qui était toujours vêtu d'une cotte de mailles, et portait un poignard dissimulé dans la manche de sa chemise ; et, le croiriez-vous, lorsqu'il est venu, il avait simplement l'air d'un vieux monsieur bien gentil, et il a

1. C'était l'époque des attentats anarchistes dans les pays occidentaux.

plaisanté toute la soirée ! Évidemment, il était très amusant, et tout ce que vous voudrez ; mais j'ai été horriblement déçue ; et quand je l'ai interrogé sur la cotte de mailles, il s'est contenté de rire, en disant qu'elle était bien trop froide pour être portée en Angleterre... Ah ! Voici Mr. Podgers ! Eh bien, Mr. Podgers, je vous prie de lire l'avenir dans la main de la duchesse de Paisley. Duchesse, il faut retirer votre gant. Non, pas la main gauche, l'autre.

— Ma chère Gladys, il me semble vraiment que cela ne se fait pas, dit la duchesse, déboutonnant sans conviction un gant de chevreau en assez mauvais état.

— Rien d'intéressant ne se fait jamais, dit Lady Windermere : *on a fait le monde ainsi*[1]. Mais il faut que je vous présente. Duchesse, voici Mr. Podgers, mon chiromancien de compagnie. Mr. Podgers : la duchesse de Paisley, — et si vous dites qu'elle a un mont de la lune plus grand que le mien, je n'aurai plus la moindre confiance en vous.

— Je suis sûre, Gladys, qu'il n'y a rien de semblable dans ma main, dit gravement la duchesse.

— Votre Grâce a parfaitement raison, dit Mr. Podgers, lançant un coup d'œil à la petite main grassouillette aux doigts courts et carrés, le

---

1. En français dans le texte.

mont de la lune n'est pas développé. La ligne de vie, en revanche, est excellente. Veuillez plier le poignet. Je vous remercie. Trois lignes distinctes sur la *rascette* ! Vous vivrez jusqu'à un âge avancé, duchesse, et vous serez extrêmement heureuse. Ambition... très modérée ; ligne de tête... sans exagération ; ligne de cœur...

— Oh ! oui, là, soyez indiscret, Mr. Podgers, s'écria Lady Windermere.

— Rien ne me serait plus agréable, dit Mr. Podgers, en s'inclinant, si la duchesse avait jamais été imprudente ; mais je suis au regret de vous dire que je vois une forte permanence d'affection, combinée à un sentiment puissant du devoir.

— Continuez, je vous en prie, Mr. Podgers, dit la duchesse, d'un air parfaitement satisfait.

— L'économie n'est pas la moindre des vertus de Votre Grâce, reprit Mr. Podgers, et Lady Windermere fut prise de fou rire.

— L'économie est une fort bonne chose, fit observer la duchesse en se rengorgeant ; quand j'ai épousé Paisley, il avait onze châteaux ; et pas une seule maison habitable.

— Et maintenant, il a douze maisons, mais pas un seul château, s'écria Lady Windermere.

— Ma foi, ma chère, dit la duchesse, moi, j'aime...

— Le confort, dit Mr. Podgers, les aménagements modernes, et l'eau chaude installée dans toutes les chambres. Votre Grâce a parfaitement raison. Le confort est la seule chose que puisse nous donner notre civilisation.

— Vous avez admirablement dévoilé le caractère de la duchesse, Mr. Podgers, et maintenant, il faut que vous nous révéliez celui de Lady Flora » ; et, en réponse à un signe de tête de la souriante maîtresse de maison, une grande jeune fille, aux cheveux fauves d'Écossaise et aux omoplates saillantes, s'avança gauchement de derrière le canapé, et tendit une longue main osseuse aux doigts spatulés.

« Ah ! Une pianiste ! Je vois, dit Mr. Podgers, excellente pianiste, mais musicienne... à peine, pourrait-on dire. Fort réservée, très honnête, et ayant un grand amour des animaux.

— Très juste ! s'écria la duchesse, se tournant vers Lady Windermere, absolument exact ! Flora a deux douzaines de chiens de berger à Macloskie, et ferait de notre maison de Londres une ménagerie, si son père le lui permettait.

— Eh bien, mais c'est précisément ce que je fais de ma maison tous les jeudis soir, s'écria Lady Windermere, riant ; seulement, j'aime mieux les lions que les chiens de berger.

— C'est là votre seule erreur, Lady Windermere, dit Mr. Podgers, en s'inclinant pompeusement.

— Si une femme est incapable de faire en sorte que ses erreurs soient charmantes, elle n'est qu'un "individu de sexe féminin", répondit-elle. Mais il faut que vous nous déchiffriez encore quelques mains. Tenez, Sir Thomas, montrez donc la vôtre à Mr. Podgers » ; et un vieux monsieur à l'air agréable, qui arborait un gilet blanc, s'avança, et tendit une main épaisse et rugueuse, avec un majeur très long.

« Nature aventureuse ; quatre longs voyages par le passé, et un autre à venir. Avez fait naufrage trois fois. Non, deux fois seulement, mais en danger de naufrage lors de votre prochain voyage. Conservateur convaincu, très ponctuel, et collectionneur passionné de curiosités. Avez été gravement malade entre seize et dix-huit ans. Avez hérité d'une fortune vers la trentaine. Avez en aversion les chats et les extrémistes.

— Extraordinaire ! s'écria Sir Thomas. Il faut vraiment que vous déchiffriez aussi la main de ma femme.

— De votre seconde femme, dit tranquillement Mr. Podgers, gardant toujours la main de Sir Thomas dans la sienne. De votre seconde femme. J'en serai charmé. »

Mais Lady Marvel, femme à l'air mélancolique, avec des cheveux bruns et des cils sentimentaux, refusa absolument de laisser dévoiler en public son passé ou son avenir ; et rien de ce que fit Lady Windermere ne put inciter M. de Koloff, l'ambassadeur de Russie, ne fût-ce qu'à se déganter. En vérité, beaucoup de gens semblaient avoir peur d'être confrontés au petit homme bizarre au sourire stéréotypé, aux lunettes d'or, et aux yeux brillants en boutons de bottines ; et lorsqu'il dit à la pauvre Lady Fermor, à haute voix devant tout le monde, qu'elle n'aimait nullement la musique, mais affectionnait énormément les musiciens, on eut en général le sentiment que la chiromancie était une science fort dangereuse, et à ne pas encourager, sinon en tête à tête.

Lord Arthur Savile, cependant, qui ne savait rien de l'histoire malheureuse de Lady Fermor, et qui avait observé Mr. Podgers avec beaucoup d'intérêt, fut pénétré de curiosité, et pris du désir intense de faire déchiffrer sa propre main ; mais éprouvant quelque timidité à se mettre en avant, il traversa la pièce jusqu'à l'endroit où se tenait Lady Windermere, et, en rougissant d'une manière charmante, lui demanda si elle croyait que Mr. Podgers verrait quelque objection...

« Il n'y verra aucune objection, bien entendu, dit Lady Windermere, c'est pour cela qu'il est là. Tous mes lions, Lord Arthur, sont des lions savants, et sautent à travers des cerceaux chaque fois que je les en prie. Mais je dois vous avertir d'avance que je raconterai tout à Sybil. Elle doit venir déjeuner avec moi demain, pour parler chapeaux, et si Mr. Podgers découvre que vous avez mauvais caractère, ou une tendance à la goutte, ou une femme habitant Bayswater[1], je lui conterai toute l'affaire par le menu. »

Lord Arthur sourit, et hocha la tête :

« Je n'ai pas peur, répondit-il. Sybil me connaît aussi bien que je la connais.

— Ah ! Je suis un peu déçue de vous entendre dire cela. Le mariage doit être fondé sur un malentendu mutuel. Non, je ne suis pas du tout cynique. J'ai simplement de l'expérience — ce qui, toutefois, revient à peu près au même. Mr. Podgers, Lord Arthur Savile meurt d'envie de faire déchiffrer sa main. Ne lui dites pas qu'il est fiancé à l'une des plus belles jeunes filles de Londres, car cela a paru dans le *Morning Post* il y a un mois.

— Chère Lady Windermere, s'écria la marquise de Jedburgh, permettez donc que Mr. Podgers reste ici un peu plus longtemps. Il vient de me dire que je ferai du théâtre, et cela m'intéresse tellement !

— S'il vous a dit cela, Lady Jedburgh, je vais certainement vous l'enlever. Venez donc par ici tout de suite, Mr. Podgers, et lisez dans la main de Lord Arthur.

_____

1. Quartier de Londres (à proximité des Kensington Gardens et de la gare de Paddington), qui passait jadis pour abriter des amours irrégulières.

19

— Allons, dit Lady Jedburgh, faisant une petite moue en se levant du canapé, si je ne dois pas être autorisée à faire du théâtre, il faut qu'on me permette au moins de faire partie des spectateurs.

— Bien entendu ; nous allons tous faire partie des spectateurs, dit Lady Windermere ; et maintenant, Mr. Podgers, dites-nous surtout quelque chose de gentil. Lord Arthur est un de mes préférés. »

Mais quand Mr. Podgers vit la main de Lord Arthur, il pâlit bizarrement, et ne dit rien. Il parut être parcouru d'un frisson, et ses gros sourcils en broussaille frémirent convulsivement, en saccades curieuses et irritantes, comme il leur était habituel quand il était intrigué. Puis quelques énormes perles de sueur apparurent sur son front jaune, semblables à une rosée vénéneuse, et ses doigts charnus devinrent froids et poisseux.

Lord Arthur ne manqua pas de remarquer ces signes d'agitation étranges, et, pour la première fois de sa vie, il ressentit lui-même de la peur. Son premier mouvement fut de se précipiter hors de la pièce, mais il se retint. Il valait mieux connaître la mauvaise nouvelle, quelle qu'elle fût, que d'être laissé dans cette incertitude affreuse.

« J'attends, Mr. Podgers, dit-il.

— Nous attendons tous, s'écria Lady Windermere, à sa manière vive et impatiente, mais le chiromancien ne répondit pas.

— Je crois qu'Arthur doit faire du théâtre, dit Lady Jedburgh, et qu'après votre réprimande, Mr. Podgers a peur de le lui dire. »

Tout à coup, Mr. Podgers laissa tomber la main droite de Lord Arthur, et lui agrippa la gauche, se courbant si bas, pour l'examiner, que la monture en or de ses lunettes parut presque toucher la paume. Un instant, son visage devint un masque blanc d'horreur, mais il reprit vite son sang-froid, et, levant les yeux vers Lady Windermere, il dit, avec un sourire contraint :

« C'est la main d'un jeune homme charmant.

— Bien entendu ! répondit Lady Windermere, mais sera-t-il un mari charmant ? Voilà ce que je désire savoir.

— Tous les jeunes hommes charmants le sont, dit Mr. Podgers.

— A mon avis, un mari ne devrait pas être trop séduisant, murmura Lady Jedburgh d'un ton pensif, c'est si dangereux !

— Ma chère enfant, ils ne le sont jamais, trop séduisants, s'écria Lady Windermere. Mais ce qu'il me faut, ce sont des détails. Les détails sont les seules choses qui soient intéressantes. Que va-t-il arriver à Lord Arthur ?

— Eh bien, dans les quelques mois qui viennent, Lord Arthur va faire un voyage...

— Ah ! oui, son voyage de noces, bien sûr !

— Et perdre un parent.

— Pas sa sœur, j'espère ? dit Lady Jedburgh, d'un ton apitoyé.

— Certainement pas sa sœur, répondit Mr. Podgers, en agitant la main d'un geste méprisant, un parent éloigné, rien de plus.

— Ma foi, je suis abominablement déçue, dit Lady Windermere. Je n'ai absolument rien à dire à Sybil, demain. Personne ne se soucie des parents éloignés, à l'époque actuelle. Ils ont passé de mode voilà des années. Enfin, je suppose qu'elle fera bien de prévoir une robe de soie noire : c'est passe-partout pour l'église, n'est-ce pas ? Et maintenant, allons souper. On aura sûrement tout mangé, mais il se peut que nous trouvions encore du potage chaud. Fran-

çois faisait jadis un excellent potage, mais il s'agite tellement à propos de politique, à présent, que je ne suis plus jamais sûre de lui. Comme je voudrais que le général Boulanger se tînt tranquille ! Duchesse, je suis certaine que vous êtes fatiguée ?

— Pas du tout, chère Gladys, répondit la duchesse, en se dirigeant avec un dandinement vers la porte. Je me suis énormément amusée, et le manucure — je veux dire le chiromancien — est fort intéressant. Flora, où peut bien être mon éventail en écaille ? Oh ! merci, Sir Thomas, mille mercis. Et mon châle en dentelle, Flora ? Oh ! merci, Sir Thomas, vous êtes bien aimable, en vérité. »

Et la digne créature réussit enfin à descendre sans faire tomber plus de deux fois son flacon de parfum.

Pendant tout ce temps, Lord Arthur Savile était resté debout à côté de la cheminée, pénétré de ce même sentiment d'effroi, de cette même sensation nauséeuse d'un malheur à venir. Il adressa un sourire triste à sa sœur, au moment où elle passait à côté de lui au bras de Lord Plymdale, ravissante avec sa robe de brocart rose et ses perles, et c'est à peine s'il entendit Lady Windermere lorsqu'elle lui cria de la suivre. Il songeait à Sybil Merton, et l'idée que quelque chose pût venir s'interposer entre eux lui embuait les yeux de larmes.

En le voyant, on eût dit que Némésis avait volé le bouclier de Pallas et lui avait montré la tête de la Gorgone. Il semblait changé en pierre, et son visage était pareil à du marbre, dans sa mélancolie. Il avait vécu la vie raffinée et luxueuse d'un jeune homme possédant la naissance et la fortune, une vie exquise parce que à l'abri de toute préoccupation sordide, et pleine d'une belle insouciance juvénile ; et voici que, pour la première fois, il prenait conscience du mystère terrible du Destin, de la signification effarante de la Fatalité.

Comme tout cela semblait insensé et monstrueux ! Se pouvait-il que fût inscrit sur sa main, en caractères qu'il était incapable, quant à lui, de lire, mais qu'un autre pouvait déchiffrer, quelque péché effrayant et secret, le signe sanglant de quelque crime ? N'y avait-il aucune échappatoire possible ? N'étions-nous donc rien de plus que les pièces d'un jeu d'échecs, mues par une puissance invisible, que des vases que le potier façonne à sa fantaisie et destinés à contenir l'honneur ou la honte ? Sa raison se révoltait contre cette pensée, et pourtant, il avait le sentiment que quelque tragédie était suspendue au-dessus de sa tête et qu'il avait été brutalement sommé de supporter un faix intolérable. Comme les acteurs ont de la chance ! Ils ont le choix de paraître dans la tragédie ou la comédie, de souffrir ou de s'ébaudir, de rire ou de verser des larmes. Mais dans la vie réelle il en va autrement. La plupart des hommes et des femmes sont contraints de jouer des rôles pour lesquels ils ne sont aucunement qualifiés. Ce sont nos Guildenstern qui nous jouent Hamlet, et nos Hamlet sont obligés de plaisanter comme le prince Hal. Le monde est un théâtre, mais la pièce est mal distribuée.

Tout à coup, Mr. Podgers entra dans la pièce. Lorsqu'il aperçut Lord Arthur, il sursauta, et son visage aux traits grossiers et bouffis devint livide. Les regards des deux hommes se croisèrent, et pendant un instant il y eut un silence.

« La duchesse a laissé ici un de ses gants, Lord Arthur, et m'a prié de le lui rapporter, dit en fin de compte Mr. Podgers. Ah ! Je le vois sur le canapé ! Bonsoir, Milord.

— Mr. Podgers, j'insiste pour que vous répondiez franchement à une question que je vais vous poser.

— Une autre fois, Lord Arthur, car la duchesse est inquiète. Je regrette, il faut que je m'en aille.

— Vous ne partirez pas. La duchesse n'est pas pressée.

— Il ne faut pas faire attendre les dames, Lord Arthur, dit Mr. Podgers, avec son sourire contraint. Le beau sexe a tendance à se montrer impatient. »

Les lèvres finement ciselées de Lord Arthur

26

« Je reçois de dix heures à quatre heures, murmura Mr. Podgers d'un ton mécanique, et j'accorde une réduction aux familles.

— Dépêchez-vous », s'écria Lord Arthur, fort pâle et tendant la main.

Mr. Podgers jeta avec nervosité un regard circulaire, et tira la lourde portière devant la porte.

« Cela prendra un petit moment, Lord Arthur : vous feriez mieux de vous asseoir.

— Dépêchez-vous, monsieur », s'écria de nouveau Lord Arthur, tapant du pied avec colère sur le parquet ciré.

Mr. Podgers sourit, tira de la poche intérieure de son veston une petite loupe, et l'essuya soigneusement avec son mouchoir.

« Je suis à votre disposition », dit-il.

2

Dix minutes plus tard, le visage blême de terreur, le regard traqué, Lord Arthur Savile sortit précipitamment de Bentinck House, se frayant avec vigueur un passage parmi la foule des laquais habillés de fourrure qui entouraient la grande marquise à rayures ; il paraissait ne rien voir ni entendre. La nuit était d'un froid glacial, et la flamme des réverbères disposés tout autour de la place ardait et vacillait sous le vent mordant ; mais ses mains étaient chaudes de fièvre, et son front brûlait comme du feu.

Un agent de police le regarda avec curiosité comme il passait, et un mendiant, qui sortait d'un pas traînant de sous une arche pour demander l'aumône, s'effraya en voyant là une misère plus grande que la sienne. A un moment Lord Arthur s'arrêta sous un bec de gaz, et regarda ses mains. Il lui sembla qu'il y décelait

déjà des taches de sang, et un faible cri s'échappa de ses lèvres tremblantes.

Un assassinat ! Voilà ce qu'y avait vu le chiromancien. Un assassinat ! La nuit elle-même paraissait le savoir, et le vent désolé le hurler à son oreille. Les coins sombres de la rue en étaient tout remplis. Il lui ricanait au visage, du haut du toit des maisons.

Il arriva d'abord au Parc[1], dont l'ombre boisée semblait le fasciner. Il s'appuya avec lassitude contre le grillage, rafraîchissant son front au contact du métal mouillé, et écoutant le silence frémissant des arbres.

_____

1. Hyde Park, célèbre parc londonien.

« Un assassinat ! Un assassinat ! » répétait-il continuellement, comme si la réitération pouvait émousser l'horreur de ce mot. *to dull*

Le son de sa propre voix le fit frissonner, et pourtant il espéra presque que la nymphe Écho pût l'entendre, et réveiller de ses rêves la ville assoupie. Il se sentit pris d'un désir insensé d'arrêter le premier passant venu, et de tout lui conter.

Puis, traversant Oxford Street, il erra dans des ruelles étroites et infâmes. Deux femmes aux joues fardées se moquèrent de lui sur son passage. Du fond d'une cour sombre arriva un bruit de jurons *cursing* et de coups, suivi de cris aigus, et, affalées sur un seuil humide, il vit les formes bossues de la pauvreté et de la vieillesse. Il fut saisi d'une pitié étrange. Ces enfants du péché et de la misère étaient-ils prédestinés à leur fin, comme lui à la sienne ? Étaient-ils, comme lui, les simples marionnettes d'un théâtre monstrueux ?

Et pourtant, ce n'était pas le mystère, mais la comédie de la souffrance, qui le frappait ; son inutilité absolue, sa grotesque absence de signification. Comme tout paraissait incohérent ! Comme tout manquait d'harmonie ! Il était stupéfait de la discordance entre l'optimisme creux de l'époque et les faits réels de l'existence. Il était encore très jeune.

Au bout de quelque temps, il se trouva devant

34

l'église de Marylebone. La large rue silencieuse ressemblait à un long ruban d'argent poli, taché çà et là des arabesques sombres que formaient les ombres mouvantes. L'enfilade des lumières des réverbères s'infléchissait là-bas, dans le lointain, et, devant une petite maison entourée d'un mur, stationnait un hansom[1] solitaire, dont le cocher dormait à l'intérieur. Lord Arthur marcha rapidement en direction de Portland Place, se retournant de temps à autre, comme s'il craignait d'être suivi. Au coin de Rich Street se tenaient deux hommes, lisant une petite affiche sur une palissade. Une sensation bizarre de curiosité l'agita, et il traversa la chaussée.

Comme il se rapprochait, le mot « Assassinat », imprimé en lettres noires, frappa son regard. Il sursauta, et sa joue s'empourpra violemment. C'était un avis de recherche offrant une récompense pour toute indication susceptible d'amener l'arrestation d'un homme de taille moyenne, âgé de trente à quarante ans, coiffé d'un chapeau melon, vêtu d'un pantalon à carreaux, et marqué d'une cicatrice sur la joue droite. Il le lut et le relut plusieurs fois, et se demanda si le misérable serait jamais appréhendé, et comment il avait reçu sa balafre.

---

1. C'est la voiture fermée à deux roues, dont le cocher est perché tout en haut sur un siège extérieur, si caractéristique — jadis — des villes anglaises. Bien entendu, l'automobile a eu raison des hansoms.

Peut-être, quelque jour, son propre nom serait-il placardé sur les murs de Londres. Quelque jour, peut-être, sa tête serait également mise à prix.

Cette idée lui causa une nausée d'horreur. Il tourna les talons, et pressa le pas dans la nuit. C'est à peine s'il savait où il allait. Il eut le vague souvenir d'avoir erré parmi un labyrinthe de maisons sordides, de s'être perdu dans un réseau gigantesque de rues sombres, et l'aube était déjà là, toute claire, quand il se retrouva enfin dans Piccadilly Circus.

Prenant sans hâte le chemin qui le ramenait chez lui, dans Belgrave Square, il croisa les énormes charrettes en route pour Covent Garden[1]. Les charretiers en blouses blanches, aux bonnes figures hâlées, aux cheveux épais et bouclés, marchaient bravement en faisant claquer leurs fouets et en s'interpellant mutuellement de temps à autre ; sur le dos d'un énorme cheval gris, qui menait un attelage tintinnabulant, était assis un gamin joufflu, un bouquet de primevères piqué à son chapeau bossué, s'agrippant de ses petites mains à la crinière, et riant ; et les hautes piles de légumes ressemblaient à des masses de jade sur le ciel matinal,

---

1. C'est le marché aux fruits et légumes — analogue à une partie des Halles de Paris — et situé, comme elles naguère, en plein centre, non loin de Charing Cross.

à des masses de jade devant les pétales roses de quelque rose merveilleuse. Lord Arthur se sentit bizarrement affecté, sans qu'il eût pu dire pourquoi. Il y avait, dans la beauté délicate de l'aube, quelque chose qui lui parut indiciblement touchant, et il songea à tous les jours qui naissent dans la beauté, et se terminent dans la tempête. Ces campagnards aussi, à la voix rude et bon enfant, avec leurs façons nonchalantes, quel Londres étrange ils voyaient ! Un Londres vierge du péché de la nuit et de la fumée du jour, une ville pâle et fantomatique, une ville désolée de tombes ! Il se demanda ce qu'ils en pensaient, et s'ils savaient quelque chose de sa splendeur et de sa honte, de ses joies féroces couleur de feu, de sa faim horrible, et de tout ce qu'elle crée et détruit du matin au soir. Elle n'était probablement pour eux qu'un marché où ils apportaient leurs fruits pour les vendre, et où ils demeuraient quelques heures tout au plus, laissant derrière eux les rues encore silencieuses, les maisons encore endormies. Il éprouva du plaisir à les regarder passer. Tout grossiers qu'ils fussent, avec leurs lourds souliers cloutés et leur démarche maladroite, ils apportaient avec eux un peu de l'Arcadie. Il sentait qu'ils avaient vécu auprès de la Nature, et qu'elle leur avait appris la paix. Il leur envia tout ce qu'ils ne savaient pas.

Lorsqu'il arriva enfin à Belgrave Square, le

ciel s'éclairait du bleu pâle de l'aube, et les oiseaux commençaient à gazouiller dans les jardins.

3

Quand Lord Arthur se réveilla, le soleil de midi se déversait à flots au travers des rideaux de soie ivoire de sa chambre. Il se leva et regarda par la fenêtre. Une vague brume de chaleur était suspendue sur la grande ville, et les toits des maisons étaient semblables à de l'argent terni. Dans la verdure du square qui s'étendait à ses pieds, en luisant par intermittence, des enfants couraient çà et là comme des papillons blancs, et le trottoir était encombré de gens qui se dirigeaient vers le Parc. Jamais la vie ne lui avait paru plus charmante, jamais les choses néfastes ne lui avaient paru plus lointaines.

Puis son valet de chambre lui apporta une tasse de chocolat sur un plateau. Après qu'il l'eut bue, il écarta une lourde portière de peluche couleur pêche, et passa dans la salle de bain. La lumière tombait doucement du plafond, tamisée par des plaques minces d'onyx transparent, et l'eau dans la baignoire de marbre luisait comme une pierre de lune. Il s'y plongea bien vite, jusqu'à ce que les ondes fraîches vinssent au contact de sa gorge et de ses cheveux, puis il y trempa complètement la tête, comme s'il avait voulu effacer la tache de quelque souvenir honteux. Lorsqu'il en sortit, il se sentit presque rasséréné. Les conditions physiques exquises du moment l'avaient dominé, comme il arrive souvent, à la vérité, aux natures délicatement constituées, car les sens, comme le feu, peuvent purifier comme ils peuvent détruire.

Après le petit déjeuner, il se jeta sur un divan, et alluma une cigarette. Sur la cheminée, dans un cadre de brocart ancien et raffiné, était placée une grande photographie de Sybil Merton, telle qu'il l'avait vue pour la première fois au bal de Lady Noel. La petite tête au fin contour était légèrement penchée de côté, comme si le cou mince, semblable à un roseau, avait peine à supporter le poids de tant de beauté ; les lèvres étaient entrouvertes, et paraissaient faites pour une douce musique ; et toute la tendre pureté de la jeune fille était là, répandue dans le regard émerveillé des yeux rêveurs. Avec sa robe de crêpe de Chine souple qui la moulait, et son grand éventail en forme de feuille, elle ressemblait à l'une de ces figurines graciles que l'on trouve dans les bois d'oliviers au voisinage de Tanagra ; et il y avait une pointe de grâce hellène dans sa pose et son attitude. Pourtant, elle n'était pas menue _tiny_. Elle était simplement de proportions parfaites — chose rare à une époque où tant de femmes sont, soit trop grandes, soit insignifiantes.

A présent, tandis que Lord Arthur la regardait, il fut pénétré de la pitié terrible que fait naître l'amour. Il eut le sentiment que l'épouser, tant que la fatalité du meurtre était suspendue au-dessus de sa propre tête, ce serait une trahison comme celle de Judas, un crime plus noir qu'aucun de ceux qu'avaient jamais rêvés les Borgia. Quel bonheur pouvait-il y avoir pour eux, alors qu'à n'importe quel moment il pourrait être appelé à réaliser la terrible prophétie inscrite dans sa main ? Quel genre d'existence connaîtraient-ils, tant que le Destin tiendrait encore ce sort affreux sur le plateau de la balance ? Le mariage devait être retardé, coûte que coûte. Cela, il y était fermement résolu. Quelque ardemment qu'il aimât la jeune fille — et le simple contact de ses doigts, quand ils étaient assis l'un à côté de l'autre, faisait frémir tous les nerfs de son corps d'une joie exquise —, il n'en reconnut pas moins nettement où était son devoir, et il avait pleinement conscience de n'avoir pas le droit de se marier tant qu'il n'aurait pas commis le meurtre. Cela fait, il pourrait affronter l'autel avec Sybil Merton, et remettre sa vie entre les mains de la jeune fille sans crainte de mal agir. Cela fait, il pourrait la prendre dans ses bras, sachant qu'elle n'aurait jamais à rougir de lui, qu'elle n'aurait jamais à baisser la tête de honte. Mais il fallait d'abord que la chose fût faite ; et plus tôt ce serait, mieux cela vaudrait pour l'un comme pour l'autre.

Bien des hommes, à sa place, auraient préféré le sentier fleuri de la folâtrerie aux rocs escarpés du devoir ; mais Lord Arthur était trop consciencieux pour placer le plaisir au-dessus des principes. Il y avait, dans son amour, mieux que la simple passion ; et Sybil était pour lui le symbole de tout ce qui est bon et noble. Un instant, il éprouva une répugnance naturelle à l'encontre de ce qu'on exigeait qu'il fît, mais elle disparut bientôt. Son cœur lui dit que ce n'était point un péché, mais un sacrifice ; sa raison lui rappela qu'aucune autre voie ne lui était ouverte. Il avait à choisir entre vivre pour lui-même et vivre pour autrui, et, tout terrible que fût sans nul doute le devoir qui lui était imposé, il savait cependant qu'il ne devait pas permettre à l'égoïsme de triompher de l'amour. Tôt ou tard, nous sommes tous appelés à prendre une décision sur la même question — la même interrogation nous est posée, à tous. Pour Lord Arthur, elle venait de bonne heure dans sa vie, — avant que sa nature eût été corrompue par le cynisme calculateur de l'âge mûr, ou que son cœur fût rongé par l'égotisme sans profondeur qui est à la mode à notre époque ; et il n'éprouvait aucune hésitation quant à l'accomplissement de son devoir. Heureusement pour lui, aussi, ce n'était ni un simple rêveur, ni un dilettante oisif. S'il l'avait été, il eût hésité, comme Hamlet, et eût permis à l'irrésolution de détruire son dessein. Mais c'était essentiellement un esprit positif. La vie, pour lui, signifiait l'action, plutôt que la pensée. Il possédait cette chose rare entre toutes : du bon sens.

Les sentiments désordonnés et troubles de la nuit précédente s'étaient à présent dissipés, et ce fut presque avec une sensation de honte qu'il se reporta à ses folles allées et venues d'une rue à l'autre, au martyre furieux que lui avaient causé ses émotions. La sincérité même de ses souffrances les lui fit paraître, à présent, irréelles. Il se demanda comment il avait pu être assez sot pour déclamer et divaguer comme un énergumène face à l'inévitable. La seule question qui continuait à le préoccuper, c'était de savoir qui il devait faire disparaître ; car il n'était pas sans se rendre compte que l'assassinat, comme les religions du monde païen, exige une victime aussi bien qu'un prêtre.

N'étant pas un génie, il n'avait pas d'ennemis,

et d'ailleurs il avait l'impression que ce n'était pas le moment d'agir en fonction d'une offense ou d'une aversion personnelle ; la mission dans laquelle il était engagé étant investie d'une grande solennité. Aussi dressa-t-il une liste de ses amis et parents sur une feuille de papier à lettres, et, après mûre réflexion, il se décida en faveur de Lady Clementina Beauchamp, une aimable vieille dame qui habitait Curzon Street, et qui était sa cousine maternelle au second degré. Il avait toujours beaucoup aimé Lady Clem, comme tout le monde l'appelait, et comme il était lui-même fort riche, ayant hérité toute la fortune de Lord Rugby lors de sa majorité, il n'y avait aucune possibilité qu'il tirât de la mort de sa parente un vulgaire avantage financier. En vérité, plus il réfléchit à la question, plus Lady Clem lui parut être la personne adéquate ; et, sentant que tout délai serait injuste à l'égard de Sybil, il résolut de prendre immédiatement ses dispositions.

La première chose à faire, c'était, bien entendu, de régler le chiromancien ; il s'assit donc à un petit bureau Sheraton[1] qui était près de la fenêtre, tira un chèque de 105 livres, payable à l'ordre de Mr. Septimus Podgers, et, le pliant dans une enveloppe, dit à son valet de

---

1. Célèbre ébéniste de la fin du XVIIIᵉ siècle, caractérisé par son style sévère.

chambre de la porter chez ce dernier, dans West Moon Street. Il téléphona ensuite à l'écurie pour faire venir son hansom, et s'habilla pour sortir. En quittant la pièce, il se retourna pour regarder la photographie de Sybil Merton, et fit serment que, quoi qu'il advienne, il ne l'instruirait jamais de ce qu'il faisait pour elle, mais garderait toujours bien enfoui dans son cœur le secret de son sacrifice.

En route pour le Buckingham Club, il s'arrêta chez un fleuriste, et envoya à Sybil une magnifique corbeille de narcisses, aux ravissants pétales blancs, et d'adonis éclatants ; dès qu'il fut arrivé au club, il alla tout droit à la bibliothèque, sonna, et ordonna au garçon de lui apporter un citron au soda et un livre de toxicologie. Il avait décidé qu'au fond le poison était le meilleur moyen à adopter dans cette ennuyeuse affaire. Tout ce qui ressemblait à la violence physique lui était extrêmement désagréable, et d'ailleurs, il désirait vivement ne pas assassiner Lady Clementina de quelque manière qui attirât l'attention publiquement, car il détestait l'idée d'être fêté comme un personnage célèbre chez Lady Windermere, ou de voir figurer son nom dans les entrefilets de vulgaires journaux mondains. Il lui fallait songer aussi au père et à la mère de Sybil, qui étaient des gens un peu vieux jeu, et qui pouvaient s'opposer au mariage s'il y avait quoi que ce fût qui ressemblât à un scandale, bien qu'il fût convaincu que s'il leur contait tous les détails de l'affaire, ils seraient les tout premiers à approuver les motifs qui le poussaient à agir. Il avait donc toutes les raisons du monde de porter son choix sur le poison. Ce procédé était sûr, efficace et silencieux, et supprimait toute nécessité de scènes pénibles, pour lesquelles, comme la plupart des Anglais, il avait une profonde répugnance.

La science des poisons lui était, en revanche, totalement étrangère, et comme le garçon parut totalement incapable de trouver, dans la bibliothèque, autre chose que le *Guide Ruff*[1] et le *Bailey's Magazine*, il examina lui-même les rayons, et tomba finalement sur une édition somptueusement reliée de la *Pharmacopée*, et sur un exemplaire de la *Toxicologie* d'Erskine, annoté par Sir Matthew Reid, président du Collège royal des Médecins, et l'un des membres les plus anciens du Buckingham, où il avait été élu par erreur à la place d'un autre — contretemps qui mit le comité dans une telle fureur que, lorsque le vrai candidat se présenta, on le blackboula à l'unanimité.

Lord Arthur fut considérablement intrigué par les termes techniques employés dans l'un et l'autre de ces deux livres, et il commençait

_____
1. Annuaire des courses.

à regretter de n'avoir pas étudié avec plus de soin ses classiques à Oxford, lorsque, dans le second volume d'Erskine, il trouva un mémoire très intéressant et complet sur les propriétés de l'aconitine, rédigé en un anglais assez intelligible. Cela lui parut être exactement le poison qu'il lui fallait. Il était rapide — d'un effet quasi immédiat —, parfaitement indolore, et, pris sous la forme d'une capsule de gélatine, ce qui était le mode indiqué par Sir Matthew, n'était nullement désagréable au goût. Aussi inscrivit-il en note, sur sa manchette, la quantité nécessaire pour une dose mortelle, puis il remit les livres en place, et remonta lentement Saint-Jame's Street, pour entrer chez Pestle et Humbey, les grands pharmaciens. Mr. Pestle, qui servait toujours personnellement l'aristocratie, fut fort surpris en prenant la commande, et sur un ton très déférent, murmura quelques mots au sujet de la nécessité d'une ordonnance. Toutefois, dès que Lord Arthur lui eut expliqué que c'était pour un gros dogue norvégien dont il était obligé de se défaire, parce qu'il manifestait les signes d'un commencement de rage, et avait déjà mordu deux fois le cocher au mollet, le pharmacien se déclara parfaitement satisfait, complimenta Lord Arthur sur ses connaissances remarquables en toxicologie, et fit préparer immédiatement la dose nécessaire.

Lord Arthur mit la capsule dans une jolie

petite bonbonnière d'argent qu'il vit dans la vitrine d'un magasin de Bond Street, jeta la déplaisante boîte à pilules de chez Pestle et Humbey, et se fit conduire immédiatement chez Lady Clementina.

« Eh bien, monsieur le mauvais sujet ! s'écria la vieille dame, lorsqu'il pénétra dans la pièce, pourquoi n'êtes-vous pas venu me voir, depuis tout ce temps ?

— Ma chère Lady Clem, je n'ai jamais un instant à moi, dit Lord Arthur, en souriant.

— Vous voulez dire, sans doute, que vous passez toutes vos journées avec Miss Sybil Merton, à acheter des chiffons et à dire des fadaises ? Je ne comprends pas qu'on fasse un tel tapage à propos du mariage. De mon temps, nous n'aurions jamais songé à roucouler en public — ni d'ailleurs dans l'intimité.

— Je vous assure que je n'ai pas vu Sybil depuis vingt-quatre heures, Lady Clem. Pour autant que je puisse savoir, elle appartient entièrement à ses modistes.

— Bien entendu ; c'est là la seule raison pour laquelle vous venez voir un vieux laideron comme moi. Je m'étonne que vous ne fassiez pas votre profit de tels avertissements, vous autres hommes. On a fait des folies pour moi, et me voilà, pauvre rhumatisante, avec un faux chignon et mon mauvais caractère. Ah ! si je n'avais pas cette chère Lady Jansen, qui m'envoie tous les plus mauvais romans français[1] qu'elle puisse trouver, je crois bien que je ne passerais pas la journée. Les médecins ne servent absolument à rien, si ce n'est à vous soutirer des honoraires. Ils ne sont même pas capables de guérir mes aigreurs.

— Je vous ai apporté pour cela un remède, Lady Clem, dit gravement Lord Arthur. C'est une merveille, inventée par un Américain.

— Je n'aime pas les inventions américaines, Arthur. Cela, j'en suis certaine. J'ai lu dernièrement quelques romans américains, et ils étaient absolument vides de sens.

— Oh ! mais, en l'espèce, ce n'est pas le sens qui manque, Lady Clem ! Je vous assure que c'est un remède parfait. Il faut me promettre de l'essayer. »

Et Lord Arthur tira de sa poche la petite boîte et la lui tendit.

« Enfin, la boîte est charmante, Arthur. C'est un cadeau, sérieusement ? C'est très gentil de votre part. Et c'est là le remède merveilleux ? On dirait un bonbon. Je vais le prendre tout de suite.

— Grand Dieu ! Lady Clem, s'écria Lord Arthur, en lui agrippant la main, surtout pas !

------

1. Le roman français avait, à la fin du XIXᵉ siècle, une réputation d'immoralité, que lui valait surtout sa liberté de sujet et de style, en opposition avec le caractère anodin des romans anglais de l'époque.

C'est un remède homéopathique, et si vous le preniez sans avoir vos aigreurs, il pourrait vous faire énormément de mal. Attendez d'avoir une crise, et prenez-le à ce moment-là. Vous serez étonnée du résultat.

— Je voudrais le prendre maintenant, dit Lady Clementina, levant à la lumière la petite capsule transparente avec sa bulle flottante d'aconitine liquide. Je suis sûre que c'est délicieux. A vrai dire, je déteste les médecins, mais j'adore les médicaments. Enfin, je le conserverai jusqu'à ma prochaine crise.

— Et quand se produira-t-elle ? demanda Lord Arthur d'un ton de curiosité avide. Sera-ce bientôt ?

— Pas d'ici une semaine, j'espère. J'en ai eu une hier, qui m'a fait passer un mauvais moment. Mais on ne sait jamais.

— Vous êtes certaine d'en avoir une avant la fin du mois, Lady Clem ?

— Je le crains bien. Mais comme vous êtes compatissant, aujourd'hui, Arthur ! Vraiment, Sybil vous a fait beaucoup de bien. Et maintenant, il faut vous sauver, car je dîne avec des gens fort ennuyeux, qui se refusent à dire des médisances, et je sais que si je ne puis faire un somme à présent, je ne pourrai jamais rester éveillée pendant le dîner. Au revoir, Arthur ; faites mes amitiés à Sybil, et merci mille fois pour le remède américain.

— Vous n'oublierez pas de le prendre, n'est-ce pas, Lady Clem ? dit Lord Arthur, se levant de sa chaise.

— Bien sûr que je n'oublierai pas, petit nigaud ! Je trouve que c'est fort aimable à vous de songer à moi, et je vous écrirai pour vous dire s'il m'en faut davantage. »

Lord Arthur quitta la maison plein d'entrain, et avec une sensation de grand soulagement.

Ce soir-là il eut une entrevue avec Sybil Merton. Il lui dit qu'il se trouvait soudain placé dans une situation terriblement difficile, à laquelle ni l'honneur, ni le devoir ne lui per-

mettraient de se dérober. Il lui dit que le mariage devait être ajourné pour le moment, car, tant qu'il ne serait pas débarrassé des complications affreuses dans lesquelles il se trouvait, il n'était pas libre. Il la supplia d'avoir confiance en lui, et de n'avoir aucun doute au sujet de l'avenir. Tout finirait par s'arranger, mais il fallait de la patience.

Cette scène eut lieu dans le jardin d'hiver de la maison de Mr. Merton, dans Park Lane, où Lord Arthur avait dîné, comme d'habitude. Sybil n'avait jamais paru plus heureuse, et, l'espace d'un instant, Lord Arthur avait eu la tentation de succomber à la lâcheté, d'écrire à Lady Clementina pour la prier de lui rendre la pilule, et de laisser le mariage se faire comme s'il n'y avait jamais eu de Mr. Podgers au monde. Mais ses bons sentiments reprirent bientôt le dessus, et même quand Sybil se fut jetée dans ses bras en pleurant, il ne chancela pas. La beauté qui avait ému ses sens avait également touché sa conscience. Il eut le sentiment qu'il serait injuste de gâcher une vie si belle pour quelques mois de plaisir.

Il resta auprès de Sybil jusqu'à près de minuit, la consolant et se laissant consoler par elle tour à tour, et le lendemain matin de bonne heure il partit pour Venise, après avoir écrit à Mr. Merton une lettre virile et ferme au sujet de la nécessité d'ajourner le mariage.

4

A Venise il rencontra son frère, Lord Surbiton, qui était venu de Corfou dans son yacht. Les deux jeunes gens passèrent ensemble une quinzaine charmante. Le matin, ils montaient à cheval au Lido, ou glissaient au hasard le long des canaux verts dans leur longue gondole noire ; l'après-midi, ils recevaient généralement des visites à bord du yacht ; et le soir, ils dînaient chez Florian, et fumaient d'innombrables cigarettes sur la Piazza.

Pourtant, chose bizarre, Lord Arthur n'était pas heureux. Tous les jours, il étudiait les colonnes nécrologiques du *Times*, s'attendant à y voir annoncée la mort de Lady Clementina ; mais tous les jours il était déçu. Il commençait à avoir peur qu'il ne lui fût arrivé un accident, et regretta souvent de l'avoir empêchée de prendre de l'aconitine lorsqu'elle avait été si impatiente d'en essayer l'effet. Les lettres de

Sybil, elles aussi, bien que remplies d'amour, de confiance et de tendresse, étaient souvent d'un ton fort triste, et il lui arrivait parfois de croire qu'il était séparé d'elle à jamais.

Au bout de quinze jours, Lord Surbiton en eut assez de Venise, et résolut de descendre le long de la côte jusqu'à Ravenne, car il avait entendu dire que la chasse à la bécasse était de premier ordre dans la Pineta. Lord Arthur refusa d'abord catégoriquement de l'accompagner ; mais Surbiton, qu'il aimait beaucoup, finit par lui persuader que s'il restait tout seul à l'hôtel Danielli, il s'y ennuierait à mourir ; de sorte qu'ils se mirent en route dans la matinée du 15, par un fort vent de noroît et une mer assez houleuse.

La chasse fut excellente, et la vie au grand air ramena leur couleur aux joues de Lord Arthur ; mais vers le 22, il se sentit inquiet au sujet de Lady Clementina, et, malgré les remontrances de Surbiton, rentra à Venise par le train.

Au moment où il sortait de sa gondole pour gravir les marches de l'hôtel, le propriétaire s'avança au-devant de lui avec une liasse de télégrammes. Lord Arthur les lui arracha des mains, et les ouvrit en hâte. Tout avait bien réussi. Lady Clementina était morte subitement dans la soirée du 17 !

La première pensée de Lord Arthur fut pour

Sybil, et il lui envoya un télégramme annonçant son retour immédiat à Londres. Il ordonna ensuite à son valet de chambre de faire ses valises pour le train de nuit, envoya à ses gondoliers le quintuple environ du tarif normal de leurs services, et monta bien vite dans son petit salon, d'un pas léger et le cœur bouillonnant d'espoir. Il y trouva trois lettres qui l'attendaient. L'une était de Sybil elle-même, pleine de sympathie et de condoléances. Les autres provenaient de sa mère et de l'avoué de Lady Clementina. Il en ressortait que la vieille dame avait dîné chez la duchesse le soir même, qu'elle avait fait les délices de tout le monde par son esprit et ses saillies, mais qu'elle était rentrée chez elle d'assez bonne heure, se plaignant de ses aigreurs. Le lendemain matin, on l'avait trouvée morte dans son lit, sans qu'elle eût apparemment souffert. On avait fait venir immédiatement Sir Matthew Reid, mais, bien entendu, il n'y avait rien à faire, et elle devait être inhumée le 22, à Beauchamp Chalcote. Quelques jours avant sa mort, elle avait fait son testament. Elle laissait à Lord Arthur sa petite maison de Curzon Street, et tous les meubles, ses effets personnels et ses tableaux, à l'exception de sa collection de miniatures, qui devait revenir à sa sœur, Lady Margaret Rufford, et de son collier d'améthystes, que devait recevoir Sybil Merton. Ces biens n'avaient pas grande valeur ; mais Mr. Mansfield, l'avoué, désirait très vivement que Lord Arthur rentrât immédiatement, si possible, car il y avait un grand nombre de factures à régler, et Lady Clementina n'avait jamais tenu régulièrement ses comptes.

Lord Arthur fut extrêmement touché de la gentillesse avec laquelle Lady Clementina s'était souvenue de lui, et il se dit que Mr. Podgers en avait lourd sur la conscience. Son amour pour Sybil, toutefois, l'emportait sur toute autre considération, et la certitude d'avoir fait son devoir lui donna sérénité et réconfort. Lorsqu'il arriva à la gare de Charing Cross, il se sentait parfaitement heureux.

Les Merton le reçurent très aimablement, Sybil lui fit promettre de ne plus jamais laisser s'interposer aucun obstacle entre eux, et le mariage fut fixé au 7 juin. La vie lui parut de nouveau lumineuse et belle, et toute sa gaieté ancienne lui revint.

Un jour, cependant qu'il parcourait la maison de Curzon Street, en compagnie de l'avoué de Lady Clementina et de Sybil elle-même, brûlant des paquets de lettres jaunies, et vidant des tiroirs pleins de bric-à-brac, la jeune fille poussa tout à coup un petit cri de ravissement.

« Qu'avez-vous trouvé, Sybil ? dit Lord Arthur, levant les yeux de sa besogne, et souriant.

— Cette ravissante petite bonbonnière en

argent, Arthur. Elle est bien curieuse — hollandaise, n'est-ce pas ? Je vous en prie, donnez-la-moi. Je sais que les améthystes ne m'iront pas avant que j'aie dépassé quatre-vingts ans. »

C'était la boîte qui avait contenu l'aconitine.

Lord Arthur sursauta, et une légère rougeur empourpra ses joues. Il avait presque entièrement oublié ce qu'il avait fait, et ce lui parut être une coïncidence curieuse que Sybil, pour qui il avait enduré toute cette terrible angoisse, se trouvât être la première à le lui rappeler.

« Vous pouvez la prendre, bien entendu, Sybil. C'est moi-même qui l'avais donnée à la pauvre Lady Clem.

— Oh ! Merci, Arthur ; et puis-je garder aussi le bonbon ? Je n'aurais jamais imaginé que Lady Clementina aimât les sucreries. Je la croyais bien trop intellectuelle. »

Le visage de Lord Arthur prit une pâleur mortelle, et une idée horrible lui traversa l'esprit.

« Le bonbon, Sybil ? Que voulez-vous dire ? fit-il d'une voix lente et rauque.

— Il y en a un dans la boîte, et c'est tout. Il a l'air bien vieux et plein de poussière, et je n'ai pas la moindre intention de le manger. Qu'est-ce qu'il y a, Arthur ? Comme vous êtes blanc ! »

Lord Arthur se précipita à travers la pièce, et saisit la boîte. Il y avait à l'intérieur la petite

60

capsule ambrée, avec sa bulle de poison. Lady Clementina était donc morte de sa mort naturelle, malgré tout !

Le choc de cette découverte le laissa abasourdi. Il lança la capsule dans le feu, et tomba sur le canapé avec un cri de désespoir.

5

Mr. Merton fut fort contrarié par le second ajournement du mariage, et Lady Julia, qui avait déjà commandé sa robe pour la cérémonie, fit tout ce qui était en son pouvoir pour amener Sybil à rompre les fiançailles. Mais, quelque puissant que fût l'amour de Sybil pour sa mère, elle avait remis toute sa vie entre les mains de Lord Arthur, et rien de ce que put dire Lady Julia ne parvint à ébranler sa foi.

Quant à Lord Arthur, il lui fallut plusieurs jours pour se remettre de cette terrible déception, et pendant quelque temps il eut les nerfs complètement détraqués. Toutefois, son parfait bon sens reprit bientôt le dessus, et son esprit équilibré et pratique ne le laissa pas hésiter longtemps sur ce qu'il convenait de faire. Le poison s'étant révélé un fiasco complet, la dynamite, ou quelque autre forme d'explosif, était manifestement le moyen à essayer.

En conséquence, il passa en revue la liste de ses amis et parents, et, après mûre réflexion, il résolut de faire sauter son oncle, le doyen de Chichester. Le doyen, homme d'une grande culture et d'un savoir profond, aimait énormément les pendules, et en possédait une collection merveilleuse, qui allait du XVe siècle jusqu'à l'époque actuelle ; et il apparut à Lord Arthur que cette marotte du bon doyen lui offrait une excellente occasion de perpétrer son dessein.

Où se procurer un engin explosif — c'était là, bien entendu, une autre affaire. Le bottin commercial de Londres ne lui donna pas de renseignement sur ce point, et il se dit qu'il serait sans doute inutile d'aller s'informer à Scotland Yard, car on n'y semblait jamais rien savoir quant aux activités des dynamiteurs, si ce n'est après qu'une explosion avait eu lieu ; et même alors, on ne savait pas grand-chose.

Tout à coup il songea à son ami Rouvaloff, jeune Russe aux tendances fort révolution-naires, qu'il avait rencontré chez Lady Winder-mere au cours de l'hiver. Le comte Rouvaloff était censé écrire une vie de Pierre le Grand, et être venu en Angleterre afin d'étudier les documents relatifs au séjour incognito de ce tsar dans ce pays en qualité de constructeur de bateaux ; mais on le soupçonnait en général d'être un agent nihiliste, et il était hors de doute que l'ambassade de Russie ne voyait pas d'un bon œil sa présence à Londres. Lord Arthur eut l'intuition que c'était précisément là l'homme qu'il lui fallait, et se fit conduire un matin au garni de son ami, à Bloomsbury[1], pour lui demander conseil et assistance.

« Vous vous mettez donc sérieusement à la politique ? » dit le comte Rouvaloff, quand Lord Arthur lui eut exposé l'objet de sa démarche.

Mais Lord Arthur, qui avait en horreur la vantardise, quelle qu'elle fût, se sentit obligé de lui avouer qu'il ne s'intéressait pas le moins du monde aux questions sociales, et désirait simplement la machine explosive pour une affaire purement familiale, dans laquelle il était seul à être impliqué.

Le comte Rouvaloff le dévisagea quelques instants avec stupéfaction, puis, voyant qu'il parlait tout à fait sérieusement, inscrivit une adresse sur une feuille de papier, y apposa son paraphe, et la lui tendit par-dessus la table.

« On paierait cher, à Scotland Yard, pour connaître cette adresse-là, mon cher.

— Ils ne l'auront pas », s'écria Lord Arthur, en riant.

Et, après avoir serré chaleureusement la main

---

1. Quartier de Londres habité principalement par des intellectuels et des artistes. C'est là que se trouve le British Museum.

du jeune Russe, il descendit l'escalier en courant, examina le papier, et dit au cocher de le conduire à Soho Square[1].

Arrivé là il le congédia, et descendit le long de Greek Street, jusqu'à ce qu'il fût parvenu à un endroit dénommé Bayle's Court. Il passa sous l'arche, et se trouva dans un cul-de-sac bizarre, qui était apparemment occupé par une blanchisserie française, car tout un réseau de cordes à linge y était tendu de maison à maison, et des pièces de linge blanc y flottaient dans l'air matinal. Il s'avança tout droit jusqu'au fond, et frappa à une petite maison verte. Au bout d'un certain temps, durant lequel chacune des fenêtres de la cour devint une masse confuse de visages fureteurs, la porte fut ouverte par un étranger d'aspect assez peu engageant, qui lui demanda en très mauvais anglais ce qu'il désirait. Lord Arthur lui tendit le papier que lui avait donné le comte Rouvaloff. Quand l'homme l'eut vu, il s'inclina, et fit entrer Lord Arthur dans un vestibule sordide, au rez-de-chaussée ; et au bout de quelques instants Herr Winckelkopf, comme on l'appelait en Angleterre, entra d'un air affairé, une serviette lar-

---

1. C'est le quartier, voisin de Charing Cross, où habitent la plupart des étrangers plus ou moins besogneux, notamment les Français ; on y trouve, en particulier, de nombreux restaurants modestes (et parfois excellents) tenus par des Français et des Italiens.

gement tachée de vin autour du cou, et une fourchette dans la main gauche.

« Le comte Rouvaloff m'a donné un mot d'introduction pour vous, dit Lord Arthur, en s'inclinant, et je désire vivement un bref entretien avec vous, pour affaire. Je m'appelle Smith, Mr. Robert Smith, et je voudrais que vous me fournissiez une pendule explosive.

— Charmé de faire votre connaissance, Lord Arthur, dit le petit Allemand plein d'animation. Ne prenez donc pas un air si alarmé : il est de mon devoir de connaître tout le monde, et je me souviens de vous avoir vu un soir chez Lady Windermere. J'espère que Milady va bien. Puis-je vous prier de vous asseoir auprès de moi pendant que je finis de déjeuner ? Il y a un excellent pâté, et mes amis sont assez aimables pour dire que mon vin du Rhin est meilleur que tous ceux qu'on peut leur servir à l'ambassade d'Allemagne. »

Et avant que Lord Arthur fût remis de sa surprise d'avoir été reconnu, il se trouva assis dans la salle du fond, dégustant le Marcobrünner le plus délicieux dans un verre à vin du Rhin jaune marqué du chiffre impérial, et bavardant le plus amicalement du monde avec le célèbre conspirateur.

« Les pendules explosives, dit Herr Winckelkopf, ne sont pas de très bons articles pour l'exportation, car, si même elles arrivent à passer la douane, le service des trains est tellement irrégulier[1] qu'elles se déclenchent en général avant d'être arrivées à destination. Toutefois, si vous en désirez une pour l'utiliser à l'intérieur du pays, je puis vous fournir un article excellent, et vous garantir que vous serez satisfait du résultat. Puis-je vous demander à qui vous la destinez ? Si c'est pour la police, ou pour qui que ce soit qui touche à Scotland Yard, je regrette vivement, mais je ne puis rien pour votre service. Les détectives anglais sont en réalité nos meilleurs amis, et j'ai toujours constaté qu'en comptant sur leur stupidité, nous pouvons faire exactement ce qui nous plaît. Je ne saurais sacrifier aucun d'entre eux.

— Je vous assure, dit Lord Arthur, que cette affaire n'a absolument rien à voir avec la police. En fait, la pendule est destinée au doyen de Chichester.

— Mon Dieu ! Je n'imaginais pas que vous en vouliez à tel point à la religion, Lord Arthur.

---

1. Il y a là une « rosserie » à l'égard des chemins de fer du Sud de l'Angleterre (à cette époque : le London, Chatham and Dover Railway, et le London and South Eastern Railway — actuellement fusionnés avec d'autres compagnies, sous le nom de Southern Railway), dont les services laissaient beaucoup à désirer en ce qui concerne la vitesse et la régularité.

Il y a peu de jeunes gens, à notre époque, qui la prennent si fort à cœur.

— Je crains que vous ne me flattiez, Herr Winckelkopf, dit Lord Arthur, en rougissant. En réalité, je ne connais absolument rien à la théologie.

— C'est donc une affaire purement privée ?

— Purement privée. »

Herr Winckelkopf haussa les épaules, et sortit de la pièce, pour revenir au bout de quelques minutes avec un petit pâté de dynamite rond, à peu près de la taille d'une pièce de deux sous, et une jolie petite pendule française, surmontée d'une effigie en or moulu représentant la Liberté foulant aux pieds l'hydre du Despotisme.

Le visage de Lord Arthur s'illumina lorsqu'il l'aperçut.

« Voilà exactement ce qu'il me faut, s'écriat-il, et maintenant, dites-moi comment elle se déclenche.

— Ah ! C'est là mon secret, répondit Herr Winckelkopf, contemplant son invention avec un air d'orgueil légitime ; dites-moi à quel moment vous désirez qu'elle fasse explosion, et je réglerai le mécanisme pour l'instant prescrit.

— Voyons, c'est aujourd'hui mardi... et si vous pouviez l'expédier tout de suite...

— C'est impossible ; j'ai beaucoup de travaux importants en cours, pour quelques-uns

de mes amis à Moscou. Mais je pourrais l'expédier demain.

— Oh ! il sera encore grand temps, dit poliment Lord Arthur, si elle est livrée demain soir ou jeudi matin. Quant à l'instant de

l'explosion, mettons : vendredi, à midi précis. Le doyen est toujours chez lui à cette heure-là.

— Vendredi, midi, répéta Herr Winckelkopf, et il en prit dûment note dans un gros registre qui était posé sur un bureau près de la cheminée.

— Et maintenant, dit Lord Arthur, se levant de sa chaise, veuillez me dire ce que je vous dois.

— C'est une affaire si minime, Lord Arthur, que je me contenterai de peu. La dynamite revient à sept shillings et six pence ; la pendule, à trois livres dix shillings, et le transport, environ cinq shillings[1]. Je ne suis que trop heureux d'obliger tout ami du comte Rouvaloff.

— Mais votre peine, Herr Winckelkopf ?

— Oh ! ce n'est rien ! C'est pour moi un plaisir. Je ne travaille pas pour l'argent ; je vis exclusivement pour mon art. »

Lord Arthur posa quatre livres, deux shillings et six pence sur la table, remercia le petit Allemand de son amabilité, et, ayant réussi à décliner une invitation à une rencontre avec quelques anarchistes au cours d'un thé-dîner le

_____

1. Sept shillings et six pence : environ 9 francs-or. — Trois livres dix shillings : 87,50 francs-or. — Cinq shillings : 6,25 francs-or.

samedi suivant, il sortit de la maison et s'en alla au Parc.

Il passa les deux journées qui suivirent dans un état de grande surexcitation, et, le vendredi à midi, il se fit conduire au Buckingham pour attendre les nouvelles.

Pendant tout l'après-midi, l'imperturbable portier afficha continuellement des télé- grammes en provenance de diverses régions du pays, télégrammes annonçant les résultats de courses de chevaux, les verdicts de procès en divorce, les conditions météorologiques et autres renseignements analogues, tandis que sur la bande télégraphique s'inscrivaient, au rythme du tapotement du style, des détails ennuyeux relatifs à une séance de nuit à la Chambre des communes, et à une petite panique au Stock Exchange.

A quatre heures, arrivèrent les journaux du soir, et Lord Arthur disparut dans la biblio- thèque en emportant le *Pall Mall*, le *Saint- Jame's*, le *Globe*, et l'*Écho*[1], à la grande indigna- tion du colonel Goodchild, qui désirait lire les comptes rendus d'un discours qu'il avait fait le matin même à la Mansion House, au sujet des

---

1. Ces quatre journaux sont anciens et ont, en quelque sorte, leurs quartiers de noblesse, bien que la *Pall Mall Gazette* soit devenue radicale en 1880, et que le *Globe* soit un organe whig.

Missions sud-africaines, et de l'avantage qu'on trouverait à ce qu'il y eût des évêques noirs dans chaque province, — le colonel ayant, pour une raison ou une autre, un préjugé violent à l'encontre de l'*Evening News*[1]. Aucun des journaux, toutefois, ne contenait ne fût-ce la moindre allusion à Chichester, et Lord Arthur eut l'impression que l'attentat avait échoué.

Ce fut pour lui un coup terrible, et pendant un certain temps il en fut tout ébranlé. Herr Winckelkopf, qu'il alla voir le lendemain, se confondit en excuses compliquées, et s'offrit à lui fournir une autre pendule, gratis, ou une caisse de bombes à la nitroglycérine, au prix coûtant. Mais Lord Arthur avait perdu toute confiance dans les explosifs, et Herr Winckelkopf lui-même reconnut que tout est tellement frelaté, à notre époque, que la dynamite même ne peut être obtenue à l'état pur. Toutefois, le petit Allemand, tout en admettant que quelque chose avait dû aller de travers dans le mécanisme, gardait espoir que la pendule pût encore se déclencher, et cita en exemple le cas d'un baromètre qu'il avait un jour envoyé au gou-

1. L'*Evening News* est de création plus récente (1881), et son prix fut abaissé, en 1894, à 1/2 penny (un sou), de sorte qu'il était considéré avec un certain mépris par les aristocrates.

verneur militaire d'Odessa, et qui, bien qu'étant réglé pour faire explosion au bout de dix jours, ne l'avait fait qu'au bout de trois mois environ. Il est vrai que lorsqu'il avait explosé, il avait simplement réussi à réduire une domestique en charpie, le gouverneur ayant quitté la ville six semaines auparavant, mais cela prouvait du moins que la dynamite, en tant que force destructrice, était, lorsqu'elle était commandée par un mécanisme, un agent puissant, quoique manquant un peu de ponctualité.

Lord Arthur fut un peu consolé par cette réflexion, mais là encore, il était destiné à éprouver une déception, car deux jours plus tard, comme il montait l'escalier, la duchesse l'appela auprès d'elle dans son boudoir, et lui montra une lettre qu'elle venait de recevoir du doyenné.

« Jane écrit des lettres charmantes, dit la duchesse ; il faut vraiment que vous lisiez la dernière. Elle vaut largement les romans que nous envoie Mudie[1]. »

Lord Arthur saisit la lettre qu'elle tenait à la main. Elle était rédigée comme suit :

---

1. Mudie est le fondateur d'une organisation de bibliothèques de prêt à domicile, fort répandues en Angleterre. Bien entendu, il y a ici un « coup de patte » à la production romanesque de l'Angleterre vers 1890.

Le Doyenné, Chichester, le 27 mai.

Ma bien chère tante,

Je vous remercie vivement pour la flanelle destinée à la Dorcas Society[1], ainsi que pour le guingan. Je partage entièrement votre avis, et trouve qu'il est absurde de leur part de vouloir porter de jolies choses, mais tout le monde est tellement révolutionnaire et irréligieux, à notre époque, qu'il est difficile de leur faire comprendre qu'ils ont tort d'essayer de s'habiller comme les classes supérieures. Je ne sais véritablement pas où cela nous mènera ! Comme papa l'a souvent dit dans ses sermons, nous vivons une époque athée.

Nous nous sommes bien amusés d'une pendule qu'un admirateur inconnu a envoyée à papa jeudi dernier. Elle est arrivée de Londres dans une boîte en bois, port payé ; et papa a le sentiment qu'elle a dû être envoyée par quelqu'un qui avait lu son admirable sermon : "La Licence est-elle la Liberté ?", car la pendule était surmontée de l'effigie d'une femme, coiffée de ce que papa a appelé le bonnet de la Liberté. Personnellement, la coiffure ne m'a pas paru très seyante, mais papa a dit qu'elle était histori-

---

1. Association de dames patronnesses ayant pour but de fournir des vêtements aux indigents. (Le nom provient de Dorcas, femme citée dans les *Actes des Apôtres* (IX, 36).

76

que, de sorte que je suppose qu'elle est très bien.

Parker l'a déballée, et papa l'a posée sur la cheminée, dans la bibliothèque ; c'est là que nous nous tenions tous, vendredi matin, lorsque, au moment précis où la pendule a sonné midi, nous avons entendu le bruit d'un bourdonnement, un petit nuage de fumée s'est échappé du piédestal, la déesse de la Liberté s'est détachée, et s'est cassé le nez en tombant sur le garde-feu ! Maria était vraiment alarmée, mais tout cela avait l'air si ridicule, que James et moi nous avons été pris de fou rire, et que papa lui-même s'en est amusé. Quand nous avons examiné le cadeau, nous avons constaté que c'était une espèce de pendule à sonnerie, et que, si on la règle pour une heure déterminée, en disposant un peu de poudre avec une amorce sous un petit marteau, elle fait explosion chaque fois qu'on le désire. Papa a dit qu'elle ne devait pas rester dans la bibliothèque, car elle fait du bruit ; aussi Reggie l'a-t-il emportée dans la salle d'étude, et il ne s'occupe plus d'autre chose que de produire de petites explosions tout au long de la journée. Croyez-vous qu'Arthur aimerait à en avoir une comme cadeau de mariage ? Je suppose qu'elles sont fort à la mode, à Londres. Papa a dit qu'elles feront sans doute beaucoup de bien, car elles font voir que la Liberté ne peut durer, mais qu'il faut qu'elle s'écroule. Papa dit que la Liberté a été inventée à l'époque *de la Révolution française. Comme cela semble épouvantable !* ~~Sightful~~

Il faut maintenant que je m'en aille à la Dorcas, où je leur lirai votre lettre, si instructive. Comme votre idée est juste, ma chère tante : avec le rang qu'ils occupent dans la vie, ils doivent porter des choses peu seyantes. J'avoue que c'est absurde, ce souci qu'ils ont de s'habiller, alors qu'il y a tant de choses plus importantes dans ce monde, et dans l'autre. Je suis bien contente que votre robe en popeline à fleurs ait eu tant de succès, et que votre dentelle n'ait pas été déchirée. Je mettrai, pour aller mercredi chez l'évêque, la robe de satin jaune que vous avez eu la gentillesse de me donner, et je crois qu'elle fera son petit effet. Y mettriez-vous des nœuds de ruban, ou non ? Jennings me dit que tout le monde porte des nœuds de ruban, à présent, et qu'il faut que le jupon soit tuyauté.

Reggie vient de provoquer une nouvelle explosion, et papa a décrété qu'il fallait reléguer la pendule à l'écurie. Je crois qu'elle ne plaît plus à papa autant qu'au début, bien qu'il soit flatté de ce qu'on lui ait envoyé un jouet aussi joli et aussi ingénieux. Cela prouve qu'on lit ses sermons, et qu'on en fait son profit.

Papa vous envoie son bon souvenir, auquel s'associent aussi James, Reggie et Maria ; et,

espérant que la goutte de l'oncle Cecil va mieux,
je vous prie de me croire, ma chère tante,

    Votre nièce toujours bien affectueuse,

                    JANE PERCY.

    P.S. — *Répondez-moi, je vous en prie, au
sujet des nœuds de ruban. Jennings insiste sur
le fait qu'ils sont à la mode.*

Lord Arthur prit un air tellement sérieux et
malheureux à la lecture de cette lettre, que la
duchesse éclata de rire à plusieurs reprises.

« Mon cher Arthur, s'écria-t-elle, je ne vous
montrerai plus jamais de lettre d'une jeune
fille ! Mais que faut-il que je lui dise, au sujet
de la pendule ? Cela m'a l'air d'être une invention excellente, et, pour ma part, j'aimerais
bien en avoir une.

— Je n'en pense pas grand bien », dit Lord
Arthur, avec un sourire triste ; et, après avoir
embrassé sa mère, il sortit de la pièce.

Quand il fut monté chez lui, il se jeta sur un
canapé, et ses yeux s'emplirent de larmes. Il
avait fait de son mieux pour commettre cet
assassinat, mais dans l'un et l'autre cas il avait
échoué, et sans qu'il y eût faute de sa part. Il
s'était efforcé de faire son devoir, mais il semblait que le Destin lui-même l'eût trahi. Il fut
oppressé du sentiment de la stérilité des bonnes
intentions, de la futilité qu'il y a à essayer d'être
vertueux. Peut-être valait-il mieux rompre

complètement le mariage. Sybil en souffrirait, il est vrai, mais la souffrance ne saurait véritablement ternir une nature aussi noble que la sienne. Quant à lui, qu'importait, désormais ? Il y a toujours quelque guerre dans laquelle un homme peut mourir, quelque cause à laquelle il peut sacrifier sa vie, et, puisque la vie n'avait plus de charme pour lui, la mort ne recélait plus aucune terreur. Que le Destin tissât son sort ! Il ne bougerait point pour l'y aider.

A sept heures et demie il s'habilla, et se rendit au club. Surbiton s'y trouvait avec un groupe de jeunes gens, et il fut obligé de dîner avec eux. Leur conversation triviale et leurs plaisanteries vaines ne l'intéressaient pas, et aussitôt le café servi, il les quitta, prétextant quelque rendez-vous imaginaire pour s'échapper. Au moment où il sortait du club, le portier du vestibule lui tendit une lettre. Elle était de Herr Winckelkopf, le priant de venir le voir le lendemain soir, pour examiner un parapluie explosif, qui éclatait dès qu'on l'ouvrait. C'était la toute dernière invention, qui arrivait à l'instant de Genève. Il déchira la lettre en menus morceaux. Il avait résolu de ne plus tenter d'expériences. Il erra alors à l'aventure, descendant jusqu'au Thames Embankment[1], et resta

1. C'est un quai-promenade, sur la rive nord de la Tamise, proche de Charing Cross.

assis plusieurs heures au bord du fleuve. La lune lançait des regards furtifs à travers une crinière de nuages fauves, comme l'œil d'un lion, et des étoiles innombrables ponctuaient la voûte concave, pareilles à de la poudre d'or éparpillée sur un dôme pourpré. De temps à autre un chaland s'élançait dans le flot trouble, et s'éloignait, emporté par la marée ; et les feux de la voie ferrée passaient du vert au rouge à mesure que les trains franchissaient le pont en hurlant. Au bout d'un certain temps, minuit sonna à la haute tour de Westminster, et à chaque coup de la cloche sonore, la nuit parut trembler. Puis les feux s'éteignirent, ne laissant luire qu'une lanterne solitaire, semblable à un énorme rubis sur un mât géant, et le mugissement de la ville s'affaiblit.

A deux heures il se leva, et déambula vers Blackfriars. Comme tout paraissait irréel ! Comme tout ressemblait à un rêve étrange ! Les maisons de l'autre côté du fleuve semblaient se dresser hors de l'obscurité. On eût dit que l'argent et l'ombre avaient façonné le monde à neuf. L'énorme dôme de Saint-Paul était suspendu comme une bulle dans l'air obscur.

En arrivant près de l'Aiguille de Cléopâtre[1],

---

1. C'est le nom donné à un obélisque égyptien, érigé en bordure de la Tamise, sur le Thames Embankment.

il vit un homme penché au-dessus du parapet, et comme il se rapprochait, l'homme leva les yeux, et la lumière d'un réverbère lui tomba sur le visage.

C'était Mr. Podgers, le chiromancien ! Nul ne pouvait se méprendre sur le visage bouffi et flasque, les lunettes à monture d'or, le sourire doucereux et languissant, la bouche sensuelle.

Lord Arthur s'arrêta. Une idée lumineuse lui traversa l'esprit comme un éclair, et il le rejoignit doucement par-derrière. En un instant il eut saisi Mr. Podgers par les jambes et l'eut précipité dans la Tamise. Il y eut un juron grossier, un « plouf » pesant, et tout rentra dans le silence. Lord Arthur jeta un regard inquiet par-dessus le parapet, mais ne vit nulle trace du chiromancien, à l'exception d'un chapeau haut de forme pirouettant dans un tourbillon d'eau éclairé par la lune. Au bout d'un certain

temps il s'enfonça, lui aussi, et aucune trace de Mr. Podgers ne resta visible. A un moment, il lui sembla apercevoir la silhouette massive et informe s'efforcer d'atteindre l'escalier près du pont, et un affreux sentiment d'échec s'empara de lui ; mais la sihouette se révéla être un simple reflet, et lorsque la lune reparut, sortant de derrière un nuage, elle s'évanouit. Enfin, il paraissait avoir réalisé le décret du destin. Il poussa un profond soupir de soulagement, et le nom de Sybil lui monta aux lèvres.

« Avez-vous laissé tomber quelque chose, monsieur ? » dit soudain une voix derrière lui.

Il se retourna et aperçut un agent de police, portant une lanterne sourde.

« Rien d'important, sergent[1] », répondit-il en souriant ; et, hélant un hansom qui passait, il y sauta et dit au cocher de le conduire à Belgrave Square.

Au cours des jours qui suivirent, il oscilla entre l'espoir et la crainte. Il y eut des moments où il s'attendait presque à voir Mr. Podgers entrer dans la pièce, et pourtant, à d'autres instants, il avait l'impression que le Destin ne pouvait pas être injuste à ce point envers lui. Deux fois, il se rendit chez le chiromancien,

---

1. Pour se concilier les bonnes grâces d'un agent de police, on le gratifie du titre de « sergent », de même qu'en France, on appelle volontiers « brigadier » un simple gendarme.

dans West Moon Street, mais il ne put se résoudre à appuyer sur le bouton de la sonnette. Il désirait ardemment la certitude, et il en avait peur.

Elle arriva enfin. Il se trouvait dans le fumoir du club, où il prenait le thé, tout en écoutant avec quelque lassitude le compte rendu que lui faisait Surbiton de la dernière chanson comique du *Gaiety*[1], lorsque le garçon entra, apportant les journaux du soir. Il prit le *Saint-James's*, et le feuilletait distraitement lorsque ce titre étrange attira son regard :

SUICIDE D'UN CHIROMANCIEN

Il pâlit d'émotion, et se mit à lire. L'entrefilet était rédigé en ces termes :

« *Hier matin, à sept heures, le cadavre de Mr. Septimus R. Podgers, l'éminent chiromancien, a été ramené sur le rivage par le courant, à Greenwich, juste en face du* Ship Hotel. *On était sans nouvelles du pauvre gentleman depuis quelques jours, et dans le monde de la chiromancie on s'inquiétait sérieusement de sa disparition. On suppose qu'il s'est suicidé sous l'influence d'un dérangement mental temporaire, causé par le surmenage, et un verdict en*

---

1. Théâtre où l'on jouait des opérettes, en particulier celles de Gilbert et Sullivan.

ce sens a été rendu cet après-midi par le jury
du coroner[1]. Mr. Podgers venait de mettre la
dernière main à un traité sur **La Main** *humaine,*
qui doit être publié sous peu, et fera sans doute
grand bruit. Le défunt était âgé de soixante-cinq
ans, et ne semble pas avoir laissé de famille. »

Lord Arthur se précipita hors du club, tenant
toujours à la main le journal, à la stupéfaction
complète du portier du vestibule, qui essaya en
vain de l'arrêter, et se fit conduire immédiatement à Park Lane. Sybil l'aperçut par la fenêtre
et quelque chose lui fit pressentir qu'il était
porteur d'une bonne nouvelle. Elle descendit
en courant au-devant de lui, et lorsqu'elle vit
son visage, elle sut que tout allait bien.

« Ma chère Sybil, s'écria Lord Arthur, marions-
nous dès demain !

— Quel fou vous êtes ! Voyons, le gâteau[2]
n'est même pas encore commandé ! » dit Sybil,
riant à travers ses larmes.

---

1. Lors d'un décès par accident, ou d'une mort violente,
une enquête est effectuée par un magistrat local investi
de pouvoirs à cet effet (coroner), qui préside un jury de
douze citoyens appelé à se prononcer sur les causes du
décès.
2. En Angleterre, le gâteau de mariage est un accessoire
important de la cérémonie : c'est une pièce montée à
l'architecture compliquée, et couverte d'une couche de
sucre blanc et décoré.

6

Quand le mariage eut lieu, quelque trois semaines plus tard, l'église de Saint-Peter fut remplie d'une véritable foule de gens plus huppés les uns que les autres. Le service fut célébré de la façon la plus impressionnante par le doyen de Chichester, et tout le monde fut d'accord pour dire qu'on n'avait jamais vu un plus beau couple que celui-là. Mais ils étaient mieux encore que beaux, ils étaient heureux. Jamais un seul instant Lord Arthur ne regretta tout ce qu'il avait souffert pour l'amour de Sybil, et elle, de son côté, lui fit don de ce qu'une femme peut donner de mieux à un homme, quel qu'il soit : l'adoration, la tendresse et l'amour. Pour eux, l'idylle ne fut point tuée par la dure réalité. Ils continuèrent à se sentir jeunes au fil des ans.

Quelques années plus tard, alors qu'ils avaient deux beaux enfants, Lady Windermere descendit chez eux à Alton Priory, vieille demeure délicieuse qui avait été le cadeau de mariage du duc à son fils ; et un après-midi, alors qu'elle était assise auprès de Lady Arthur sous un limettier (ou citronnier) du jardin, regardant le petit garçon et la petite fille qui jouaient le long de l'allée de rosiers, pareils à des rayons de soleil capricieux, elle prit tout à coup la main de son hôtesse dans la sienne, et dit :

« Êtes-vous heureuse, Sybil ?

— Chère Lady Windermere, bien entendu, je suis heureuse. Ne l'êtes-vous donc pas ?

— Je n'ai pas le temps d'être heureuse, Sybil. Je me sens toujours portée vers la dernière personne qu'on m'a présentée ; mais, en général, dès que je connais les gens, je m'en lasse.

— Vos lions ne vous satisfont donc pas, Lady Windermere ?

— Ma foi, non ! Les lions ne valent que pour une saison. Dès que leur crinière est coupée, ils demeurent les êtres les plus ternes qui soient. D'ailleurs, ils se conduisent fort mal, si l'on se montre vraiment gentil envers eux. Vous vous souvenez de cet affreux Mr. Podgers ? C'était un abominable imposteur. Bien entendu, cela, je ne m'en souciais nullement, et même quand il a cherché à m'emprunter de l'argent, je lui ai pardonné ; mais je n'ai pas pu admettre qu'il me fît des déclarations d'amour. Il m'a bel et bien fait prendre en horreur la chiromancie. Je m'occupe à présent de télépathie. C'est beaucoup plus amusant.

— Il ne faut pas dire du mal de la chiromancie dans cette maison, Lady Windermere ; c'est le seul sujet sur lequel Arthur n'aime pas qu'on plaisante. Je vous assure qu'il la prend on ne peut plus au sérieux.

— Vous n'allez pas me dire qu'il y croit, Sybil ?

— Demandez-le-lui, Lady Windermere, le voici. »

Justement, Lord Arthur arrivait du jardin,

portant à la main un gros bouquet de roses rouges, accompagné de ses enfants qui gambadaient autour de lui.

« Lord Arthur ?

— Oui, Lady Windermere.

— Vous n'allez pas me dire que vous croyez à la chiromancie ?

— Bien sûr que si, j'y crois, dit le jeune homme, en souriant.

— Mais pourquoi ?

— Parce que je lui dois tout le bonheur de ma vie, murmura-t-il, en se jetant dans un fauteuil d'osier.

— Mon cher Lord Arthur, qu'est-ce donc que vous lui devez ?

— Sybil, répondit-il, tendant les roses à sa femme, et plongeant son regard dans ses yeux violets.

— Que ne faut-il pas entendre ? s'écria Lady Windermere. Il ne m'a, de ma vie, été affirmé pareille bêtise. »

Composition réalisée par C.M.L., Montrouge.

IMPRIMÉ EN FRANCE PAR BRODARD ET TAUPIN
Usine de La Flèche (Sarthe), le 21 avril 1987.
5518-5   Dépôt légal Editeur 4620   5/1987.
LIBRAIRIE GÉNÉRALE FRANÇAISE - 6, rue Pierre-Sarrazin - 75006 Paris.
ISBN : 2 - 253 - 04245 - 5.

Le Livre de Poche Clip

VAMPIRE EXPRESS
Tony KOLTZ

Le train file à grande vitesse à travers les Carpates.
En face de toi, il n'y a que Mme Romana et
sa nièce.
La vieille dame détient un bijou et un tableau qui
possèdent des pouvoirs redoutables.
Il faut à tout prix les protéger.
Mais, déjà, tu sens la présence des vampires, là, tout
proches...

SÉRIE : ENCHANTEURS ET CHEVALIERS 1.

Enchanteurs et Chevaliers. Chaque livre de cette série
vous permettra d'incarner un héros différent :
l'enchanteur ou le chevalier. Ainsi, en cas d'échec,
vous pourrez toujours recommencer votre parcours
en changeant de pouvoirs et d'armes, et vous
lancer dans une nouvelle et fantastique aventure !

**LA FORÊT
DES RÊVES MAUDITS**
R.L. STINE

Le Heaume magique du roi a été dérobé par les
terribles Géants, ces êtres à la force surhumaine.
Enchanteur ou chevalier, ce sera à vous de le
retrouver. Mais jusqu'au royaume des Géants, votre
chemin sera long et vous devrez affronter la
forêt des Rêves maudits, ses animaux monstrueux,
ses enchantements insoupçonnables...